MIR
ZUGESCHÜTTELT

Miguel Herz-Kestranek
(Herausgeber und Mitschüttler)

MIR ZUGESCHÜTTELT

Neueste und allerneueste
Schüttelreime
aus österreichischem Volksmund
von Apetlon bis Zürs

Verlag Christian Brandstätter

Inhalt

Zum Geleit

„Herr Knestarek ...?"

Eine weibliche Stimme am Telefon reißt mich um halb sieben Uhr früh aus dem Schlaf. Wer zum Teufel ...?

„Wer Damen in die Möse beißt,
von dem heißt's: ‚Der ist böse' meist!"

Ich bin schlaftrunken, kenne mich nicht aus. Wen habe ich ...? Und wann ...? Wo ich doch niemals, ich meine ... beiße – ganz im Gegenteil! Da hat die Anruferin schon aufgelegt.

Mir dämmert es langsam: Kein Vorwurf, keine Anklage, ich muß vor keinen Senatsausschuß oder so was ähnliches – na ja, in Zeiten wie diesen kann man ja nie wissen, wen man ungestraft ... beißt ... ich, äh ... meine natürlich eben nicht beißt ... besser gesagt ...

Da läutet es wieder:

„Ich wollt' nur beweisen, wir in Vorarlberg schütteln auch, gelt! Nix für ungut. Meinen Namen sag' ich nicht, weil ich eine Dame bin!"

Kichern, ein Moment Stille – aufgelegt.

Jetzt lache auch ich. Einen so originellen Weckruf hatte ich bislang selten. Ein Schüttelreim als Morgengabe. Aus Vorarlberg. Und gar kein schlechter!

Solche und ähnliche Anrufe bekam ich in den letzten Jahren viele. Auch auf der Straße, beim Greißler, in Lokalen sprachen mich Menschen an; vertraulich lächelnd, wie Eingeweihte einer Verschwörung gegen eine gemeinsam zu hintergehende Obrigkeit, die nichts von den geheimen Umtrieben ahnt, welche eine verschworene Schüttlergemeinde allzeit auszuhecken bereit ist.

Briefe sonder Zahl wurden mir zugesandt, manche mit nur einem Schüttelreim, andere legten dutzende, einige kleine Eigen-

drucke mit hunderten Schüttelreimen bei. Sie bäten um mein geschätztes Urteil, sie wären stolz, würde ich ihre Einfälle bei meinen Vortragsabenden verwenden, ja, sollte ich wieder einmal ein Schüttelreimebuch verfassen, so wären sie geehrt, den einen oder anderen Reim von ihnen darin zu finden.

Manche übersandten endlose Gedichte, geschüttelte Balladen von Goethe und Schiller, vieles davon jedoch von der Art, wie ich es überhaupt nicht schätzen kann: akademisch beckmesserisch zusammengedrechseltes Versgut, von der Mechanik her einwandfrei, aber ohne Pfiff, ohne Humor, geschüttelt zwar, aber meist so krampfhaft, daß es einem schon beim Lesen die Lippen zusammenzog, wie beim irrtümlichen Hineinbeißen in eine alte Salzgurke, der man ja auch im Prinzip eine gewisse geschmackliche Qualität keineswegs absprechen kann.

Nicht wenige Elaborate, hätten – nach einschlägiger Beurteilung – interessante psychiatrische Gutachten zur Folge gehabt. Die surrealsten Verszusammenstellungen waren darin zu finden, die man sich nur denken kann. Die ansehnliche Fülle solcher „Dichtungen" ergab immerhin einen Einblick in den Geisteszustand eines Teils der Bevölkerung.

„Jaaa, super! Ein Schüttler, ich liebe Schüttelverse!" – diesen Ruf hört man ja allenthalben. Aber groteskerweise wissen selbst sich fanatisch gerierende Schüttelliebhaber oft absolut gar nicht, was einen Reim denn zum Schüttelreim macht, ja sie verstehen beim watscheneinfachsten Schüttelvers auch nach genauester Erklärung den Mechanismus nicht – ein Phänomen, das mir auch bei Lesungen immer wieder begegnet, wo dann das Publikum über meinen diesbezüglichen Dialog mit Schüttelunkundigen wiehert und ich merke, daß auch diese Schadenfrohen nicht im geringsten verstehen, wie es geht.

Dies trieb auch in den zahllosen Briefen die irrwitzigsten Blüten. Kostproben will ich mir an dieser Stelle ersparen, da sonst der eine oder andere am Ende noch auf den Geschmack kommen könnte ... na ja, oder wie wär's zumindest mit einem – theaterwissenschaftlichen – „Schüttel"-Vers wie:

Es fuhr der Girardi
letzthin schon sehr rar die Schi!

Der blanke Wahnsinn!

Oder – weil's gar so irrsinnig ist – wie mir ein Geschäftsreisender schüttelstolz mitteilte:

Ich vergaß in der Fokker
unlängst meine Koffer.

Was soll man dazu sagen? Mir fehlen bis heute die Worte.

Überhaupt kam ich mir zeitweise vor, als betriebe ich im „Grünen Blatt" die Kolumne „Fragen Sie Frau Helga". So vieles wurde mir schriftlich anvertraut, bis der mitteilsame Schreiber oder die verschämte und nichtsdestoweniger viel plappernde Schreiberin endlich zum Punkt kamen, zum mehr oder weniger ergiebigen Schüttelpunkt.

Eine erkleckliche Zahl von Zuschriften wieder kamen von Damen, die fast durchwegs mit dem gleichen Satz begannen: Normalerweise tue ich das eigentlich nicht (ergänze: einem wildfremden Mann Briefe schreiben), aber ... Und jetzt folgte eine rührend an den Haaren herbeigezogene Begründung, warum sie in diesem speziellen Schüttelfall doch, und so weiter. Aber siehe da, gerade in diesen – selbstredend anonymen, in einigen Fällen nur mit Initialen unterfertigten – Briefen fanden sich oft die köstlichsten, vor allem jedoch und nicht selten die deftigsten Schüttelreime:

So sehr hat meine Fut gepickt,
da hat er mich kaputtgefickt.

Immerhin! Grünes Briefpapier und handgeschrieben – mit Füllfeder. Na ja ...!

Anonym läßt sich's natürlich auch frech sein. So schrieb mir eine Verehrerin des Landesmeisters der Phantasmagorienejakulateure – oder war es eine Verflossene, die ihn einst mit einer anderen teilen mußte …

Wer von uns beiden schneller horcht,
wie der André Heller schnarcht?

Während eine andere mir anvertraute: „Eigentlich bin ich ein Schenk-Fan, aber nur im Theater, weil" – wie sie schrieb – „wenn ich mir ihn als Mann in meinem Bett vorstelle, dann würde ich sagen:

Tu ich auf mich den Schenk laden,
dann krieg' ich an' Gelenkschaden."

Eine vierte – natürlich anonym – „Weil Sie doch viel beim ORF zu tun haben und ich oft mit dem Programm gar nicht zufrieden bin" (man hörte sie förmlich kichern beim Schreiben):

Presse-Erfolg beim Zeilergipfel,
gestört hat nur sein geiler Zipfel.

Interessant, wohin die Fernsehzuseher in Wahrheit schauen. Wenn das der ORF wüßte …!
Allerdings muß ich zu Zeilers Ehrenrettung sagen:

Die Hose zu schließen hat Zeiler erwogen,
vor allem vor der Presse – weil er erzogen!

Schüttelreime werden ja in unserer immer humorloseren Zeit gerne für unsinnige Gags, für ziemlich dämliche Blödelei gehalten. Daß das Gegenteil wahr ist, kann man – immer von neuem begeistert – bei ungekrönten Schüttelkönigen wie dem Vollblutmusiker, einstigem Mitglied der Wiener Philharmoniker und Komponisten Franz Mittler nachlesen. Seine mit geistvollem Humor gepaarte Intelligenz, die meisterhafte Beherrschung von Sprache und nicht zuletzt die unabdingbare Musikalität sind nur einige von vielen Kriterien, die etwa bei seinen Schüttelreimen ins Auge, ins Hirn und ins Zwerchfell stechen.

Vieles mir Zugeschüttelte war altbekannt, und erstaunlich vieles war ähnlich, ja fast identisch. Es muß hier wohl ein unbewußtes Volksgut geben, das sich artverwandte Seelen zu gleicher Zeit fast wortgleich zusammengeschüttelt haben. Es mag Themen, Worte, Begriffe geben, die zum Schütteln mehr auffordern als andere, und vieles ist dann eben gleich oder nur marginal verschieden.

In einer Zeit, in welcher Sprache und auch die Lust an der Sprache gleichermaßen zu verkümmern scheint, in welcher Wort- und Sprachwitz, das lustvolle Jonglieren mit Begriffen und Grammatik zugunsten von Sprechblasen und Info-Sprechbrei verlorengeht, war die Fülle erstaunlich, die sich rasch angesammelt hatte.

So fand ich mich im Laufe der Jahre seit dem Erscheinen meiner „Gereimten Sammelschüttler" plötzlich mit einem umfangreichen Konvolut mir sozusagen aus dem Volk zugeschüttelter Reime versehen – und was lag näher, als daraus ein Büchlein zusammenzustellen mit dem, was sich Herr und Frau Österreicher so zusammenschütteln, wenn der Tag lang ist?

So wie etwa die Gemüsehändlerin Hermine C. aus Wien XII., die mir – durchaus einsehbar – mitteilte:

Das nenn' ich wahren Schurkengeist,
wenn man mir auf die Gurken scheißt!

Dieser Mitteilung schließe ich mich widerspruchslos an, bedanke mich auf das herzlichste bei allen Zusendern und großzügigen Überlassern und wünsche im folgenden ein „geschüttelt Maß" an guter Unterhaltung!

Miguel Herz-Kestranek
St. Gilgen, im Februar 1999

Grundsätzliche Betrachtungen

Grundsätzliches zum Leben von sich zu geben, liegt dem Österreicher offenbar nicht so am Herzen, zumindest nicht geschüttelt. Oder man will Lebensweisheiten besser für sich behalten, hat man doch selbst genug zu bewältigen, wofür so mancher geschüttelte Lebenszuspruch herhalten soll!

Immerhin – aus dem fleißigen Ländle tönt es wacker, so von Gerald P. aus Bludenz:

Statt Arbeit nur der Lust frönen –
das Leben wird's mit Frust löhnen.

Überhaupt scheinen die Vorarlberger in weiser Welteinsicht Vorreiter zu sein, hauchdünn an der Esoterik vorbei und doch ganz im kommenden Zeichen des Wassermanns, wenn etwa Herr Albin K. S. aus Frastanz (an der Autobahn) seufzt:

Wenn, was die Sterne verkünden,
wir doch im Kerne verstünden!

Innerliche Reinigung

O Mensch, aus deiner Seel' entferne Lasten,
geh streng in dich und lerne fasten!

Friedrich Giersig

Wenn wir die Schätze heben lassen,
wird keiner mehr sein Leben hassen.

Elisabeth, Feldkirch

Esoterische Frage

Wie kann man nur durchs Leere schweben
und ohne Erdenschwere leben?

Albin K. S., Frastanz

Hoffnungslos

Das Leben wird trotz Hasch rauher,
herrscht dauerhaft nur Rush-hour.

Gottfried Pixner

Tip zur Weltverbesserung

Sich für andere Zeit nehmen
und den eigenen Neid zähmen!

Gottfried Pixner

Licht ins Dunkel

Wer liebt soll geben,
wer gibt soll leben.

Karin Unger, Neunkirchen

Gratwanderung

Von Lüge nur ein Haar weit
entfernt ist oft die Wahrheit.

Hanna Z., Hieflau

Kabarett

Mit Spöttergeist
man Götter speist.

Karl S., Wien

Am achten Tag der Schöpfung

Die Menschen-Suppe ist fürwahr nicht gar,
ich wünscht', 's wär' alles gar nicht wahr!

Hans K. Stöckl

Curriculum vitae

Am Anfang war Herr Schnabel nur
das Ende seiner Nabelschnur.

Erwin Damisch

Der Papst in Rom hat blind erkannt,
wie man richtig Kinder plant.

Hans K. Stöckl

Willst du einen Lachgefährten,
nimm dir keinen Fachgelehrten.

Dr. Harrach, Spielfeld

Späte Einsicht

Vor seines Vaters Epitaph
ein Bayer weint: „I Depp, i Aff'!"

René, Bludenz

Der Hedonist

Moral ist:
Oral-Mist!

Gottfried Pixner

So sei denn das Kapitel mit der resignativen Einsicht jener alternden Nonne geschlossen, die, in Erinnerung an ihr früheres Leben auf den Strichen der Welt (welche sie rechtzeitig mit der Klosterzelle tauschte, frei nach der Story:

Ins Ordenskloster kam die Nutte,
bereute tief und nahm die Kutte),

heute in lebensweise berührenden Worten bilanziert:

Better a soul full of hope
than a hole full of soap!

Auf Reisen

Wenn der große Georg Kreisler, der um seiner Wahrhaftigkeit willen konsequent sein Heimatland meidet, im vorhinein weiß:

Wenn ich nach Leverkusen muß,
erwart' ich keinen Musenkuß

und folgerichtig fortfährt:

Der Schrank, in den ich Hosen räum',
steht sicher nie in Rosenheim,

dann weiß der Leser, daß es sich hier um geschütteltes Heimweh handelt, um Liebeserklärungen an ein Land, das es seinen wahren Liebhabern traditionsgemäß so schwer macht, es zu lieben.

Die anderen fahren ja gern weg, mittlerweile zu so fernen Zielen, daß es offenbar wenig zu schütteln gibt. Wo sind die Zeiten, in denen „Tschesolo" das Traumziel des eingefleischten Österreichers war? Heute muß es schon eine Flugreise sein, durch möglichst viele Zeitzonen, das ist man auch den Nachbarn schuldig. So teilte mir Herr Alf aus Kaisermühlen fernweh-, wenn auch nicht ganz astrein geschüttelt mit:

I sing' in Kagran a Aria
und denk' an Gran Canaria.

Trotzdem: Italien hat seine Anziehungskraft noch nicht ganz verloren, wenn auch die geschüttelte Ausbeute etwas krampfig und deshalb zurecht anonym ausfällt:

I mecht sein mit dir am Lago Maggiore,
durt nimmst endlich oba dei Tschako, ma Lore.
Anonym

Die wahren Abenteuer sind im Kopf

Zu Haus mit seinem regen Geist,
dem Ziel er schon entgegenreist.

L. U.

Urlaubsfreuden

In einem engen Felsengang
gingen wir auf Gelsenfang.

Annerose, Lustenau

Im schönen Tirol

Wo sommers scheißt das Vieh in Scharen,
kommt winters man, um Schi zu fahren.

Karl Hübner, Schwaz

Geschmacksverirrung

Es schmeckt dem Herrn Kohn in Macao
am besten der Mohn im Kakao.

Erich Kastner

Keine Gourmetreise

Ich bin neulich in Genf gesessen
und hab' Würstel ohne Senf gegessen.

Erwin Damisch

Die Freuden der Animation

Schmecke die Begräbnisluft,
komm in die Erlebnisgruft!

Reinhard Öhlberger

Motorradtreffen

Ziemlich weit vor Stockerau
gab's den ersten Rockerstau.

MH-K, Wien

La dolce vita

Sie lagen in den Hängematten,
wovon sie eine Menge hatten.
Auch ihre Freunde hatten Mengen,
drum sah man viele Matten hängen.

Eleonore B. (79), Wien

Es schätzt, wer durch die Wüste geht,
den Wind, der von der Küste weht;
auch ich, obwohl kein Wüstenkind,
steh' gerne nackt im Küstenwind.

Linde, Wien XXI.

Der Ausreisser

Wenn ich ka Angst vor Mama hätt',
flög' ich nie bis Hammamet.

Roman Beissser

Eric G. Selzer aus Wien verdanken wir, daß das Geheimnis um das weltbekannte Wahrzeichen endlich gelöst ist, wenn er seinem Gruß aus Pisa – nicht ganz rein, aber wir lassen's in Anbetracht sonst durchgehend verläßlicher Meisterschaft noch einmal als Notschüttler durchgehen – beifügt:

Seit dem letzten Sturmtief
steht bei uns der Turm schief.

Und ich selbst will dieser bedeutsamen wissenschaftlichen Erkenntnis eine ganz private, mir ganz persönlich allerdings weit bedeutsamere hinzufügen, die ich in meinem Leben und in Jahrzehnten des Reisens, das mich in viele Teile der Welt führte, ein für allemal und unumstößlich gewonnen habe:

Wer reist braucht Schuhe!
Wer scheißt braucht Ruhe!

Von Speis und Trank

Offenbar ist das Nonplusultra der kulinarischen Träume des schüttelnden Teils der österreichischen Bevölkerung Hummer. Natürlich läßt sich das Schalentier auch relativ leicht schütteln, mit Kummer, Summer, Brummer usw., usw., und das wären nur einige der primitiven, der vordergründigen Varianten. Jedenfalls waren unter den mir zugeschüttelten Speiseschüttlern so viele Hummerschüttelreime – und noch dazu fast alle nahezu wortgleich –, daß ich schon den Verdacht hegte, es handle sich hier um die Zuschriften des VSHÖ, des „Vereins schüttelnder Hummerfresser Österreichs".

Dabei sind es nicht nur die Armen der Erde, die von Hummer nicht einmal träumen können. Nein, man muß nur in einer sternklaren Nacht eine Zeitlang in den Himmel blicken – oder sieht man diesen Hilferuf am Ende nur, wenn der österreichische Astronaut Viehböck mit unterwegs ist und ihm die Astronautenkost nicht behagt?

Von fern sieht man's vom Shuttle blinken:
Geh, schickt's uns noch a Blattl Schinken!

Ich für meinen Teil kann sogar von Schinken nur träumen. Die Millionen, die ich mit meinen Schüttelbüchern nicht verdiene, lassen mich keine wie auch immer gearteten kulinarischen Höhenflüge machen, und ich kann deshalb dieses Thema nur mit dem bescheidenen Geständnis abschließen:

Bei den miesen Leitzinsen
esse ich zur Zeit Linsen!

Edler Tropfen

Den Bordeaux, den edlen Rotwein,
saugt man dankbar und devot rein.
Karin Unger, Neunkirchen

Ein Achtel als Weinglas
ist schon sehr klein, was?
Roman Beisser

Ungesund

Der beste erworbene Durst
vergeht durch verdorbene Wurst.
Reinhard Öhlberger

Wir geh'n heut nicht ins Bierstüberl,
denn wir sind leider stier, Büberl.
Inge (82), Wien V.

In mein Bierglas
ich voll Gier blas'.
Elke, Wien XV.

Schweizerhaus-Krügerl

In Schaum nur ist es fast gehüllt,
wahrscheinlich wurd's mit Hast gefüllt.
Gerhard Schreier

Wie herrlich ist das Leben heute,
drum laßt uns einen heben, Leute!
Gerhard Schreier

Ich tunke in zwei Achtel Wein
vorm Braten erst die Wachtel ein.
Elfriede E., Wiener Neustadt

Aus einem Kochbuch

Doch wenn als Brand der Braten raucht,
man nichts mehr jetzt zu raten braucht.

Herr Josef, Salzburg

Gefrässig

In Bayern jeder Blödelknecht
viel Geld für seine Knödel blecht.

Inge Sauer, Rosenheim

Sehr gefrässig

Der Nero stellt die läss'ge Frage:
„Um wieviel Uhr gibt's Freßgelage?"

Hans K. Stöckl

Lieber keine Diät

Den Nachtisch loben Dichterworte,
die Mayr-Kur, sie wich der Torte.

Reinhard Öhlberger

Berliner Fischgourmet

Wenn ick so an der Jabel kau,
meen ick, det is 'n Kabeljau.

Reinhard Öhlberger

Im Seniorenheim

Von diesem Maisgries
wird jedem Greis mies.

Eleonore B. (79), Wien

Hofzeremoniell

Beim Mahle rief der Kaiser laut:
„Ich bitte, daß man leiser kaut."

Franz Joseph Schindler

Zum Ober sprach die Mechthild:
„Ich hätte gern den Hecht mild."
Mechthild P., Wien IX.

Im „Wienerwald"-Restaurant

Es schlägt sogar die Pendeluhr:
Wir essen heute „Hendl pur".
Hans K. Stöckl

Klösterlicher Diätvorschlag

Gesünder könnt' der Probst essen,
würd' er sich mehr Obst pressen.
Anonym, St. Pölten

Am kalten Buffet

Wenn man das letzte Stück vom Kalb erhaltet,
ist dieses meist schon halb erkaltet.
Gerhard Schreier

Der Kummer der Reichen

Schon wieder ist der Hummer kalt –
man hat so seinen Kummer halt!
Hast im Herzen Kummer,
beiß bei Kerzen Hummer!
Jedoch des Nachts noch Hummer schlemmen –
kann dir deinen Schlummer hemmen!
L. U.

Heisser Tip

Bekannt ist, daß in weißen Bohnen
Abgase, die uns beißen, wohnen.
Um weder Wind noch Hauch zu lassen,
ist's ratsam, auch den Lauch zu hassen.
Fritz Ableidinger, Freistadt

Erwischt!

Im „Japan Inn" die Uschi saß
und lustvoll ihre Sushi aß.

Silvia R., Wien VIII.

An den Kellner

Der is a Schas, der Puter,
i hätt' gern Pasta asciutta!

Roman Beisser

Vielleicht sollte der enttäuschte Truthahnfreund ins Reich der Mitte fahren, wo es eine selbst im Weinland Österreich bislang völlig unbekannte Spezialität gibt:

In China macht aus einem Weinstock
man „Traubenkraut chinoise" im Steinwok.

Doch beschließen will ich dieses Kapitel mit dem Rat meiner Kölner Großmutter, die meinte:

Ein Mädchen, das gern Käse ißt,
putzt sich die Zähne, eh se küßt!

Mediales

Was soll einem heutzutage schon zum Thema Medien einfallen – und noch dazu geschüttelt? In meinen Zettelkästen fand sich immerhin noch der allzeit gültige Ausruf an einen Kritiker:

Man sollt' nach jedem pressefrischen
Verriß ihm in die Fresse pischen!

Was gar nicht so weit hergeholt ist, ist doch schon der Meisterschüttler Reinhard Öhlberger, Fagottist bei den Wiener Philharmonikern, ganz unabhängig von mir auf einen ähnlichen Ratschlag für eine Pressekonferenz gekommen:

Da stellst du dich einfach im Frack vor die Presse
und gibst ihnen dann einen Prack vor die Fresse.

Kein Vertrauen zur Presse, in diesem Fall zu den Vertretern des Sportressorts, hat auch Erich Kastner aus Wien, wenn er zu wissen meint:

Man soll wegen geistreicher Wortspenden
sich nie an Reporter vom Sport wenden!

Und daran angeschlossen sei sogleich der Stoßseufzer eines Wiener Klatschkolumnisten:

A Hit, tät man die Werger zwischen-
durch mal mit am Zwerg erwischen!

Das Fernsehen wiederum liefert täglichen Gesprächsstoff, und unter dem Titel „Wir werden zu Idioten getalkt" schreiben mir Adalbert K. und Freunde aus Wien Umgebung:

Weil im TV nur Quoten zählen,
darf Harald Schmidt mit Zoten quälen.

Dabei haben es die armen Fernsehverantwortlichen wirklich nicht leicht: Sie stehen unter enormem Quotendruck, jeder Tag beginnt mit der Quotenabrechnung vom Abend vorher, das Programm muß Weltklasse sein und sich rechnen, darf aber am besten nichts kosten – trotzdem stimmt die Rechnung nie, und sie selbst müssen jederzeit damit rechnen, daß es heißt:

Mit Krach schmiß man die Zechner raus:
„Wo bitte war Ihr Rechner – z'haus?"

Und das alles nur, weil soundso viele Zuseher wetterten:

Im Fernsehn nix als Ehedramen,
deswegen aus ich drehe! Amen.

Politisches

Habe ich schon vor Jahren die Politik kurzgeschüttelt dargestellt als

Gesprochene Verbrechen
gebrochene Versprechen!

ist dem bis heute kaum etwas hinzuzufügen.

Auch wenn man im Fernsehen die Nachrichtensendungen ansieht, wundert man sich, daß noch kein Redakteur vom Dienst auf folgende Formulierung gekommen ist:

Was aussieht wie die Party trister Neffen –
es ist in Wahrheit das Ministertreffen.

Selbst ein Hofrat a. D., F. H., 84 Jahre, aus Wien I. sinniert:

Politiker bis rauf zum NATO-Chef,
saufen auf unsre Kosten Chateauneuf!

Pressekonferenz der Koalitionspartner

In Wahrheit gab's nur reine Fehden,
doch hört man nichts als feine Reden.

Anna T.-S., Linz

Grünabgeordneter, die Motorseite lesend

„Die ganze Welt verbleit!" er wettert,
bevor er wütend weiterblättert.

Erwin Damisch

Grünabgeordneter, sinnierend

Fließt an die Wurzeln Badeschaum,
dann mußt du sterben. Schade, Baum!

Hans K. Stöckl

Politiker (aller Parteien)

Zwar gib's so manche stummen Denker,
doch häufiger sind dumme Stänker.

Gerhard Schreier

Demo-Risiko

Er brüllt: „Raketenbasen nein!",
da kriegt er eins aufs Nasenbein.

Gerhard Schreier

FPÖ-Parteitag

Ohne strikte Saal-Verrammlung
keine Generalversammlung!

Reinhard Öhlberger

FPÖ-Wahlslogan

Wir garantier'n den Riesenmassen:
Keine Arbeit miesen Rassen!

Anonym, Klagenfurt

Biertischpolitik

Erst politisiern's an den Biertischen,
dann saufen's und gehn vor die Tür pischen.

Erich Kastner

Der Fundamentalist zum Aufgeklärten

Sprichst du fast allen Suren Hohn,
bist du nichts als ein Hurensohn!

Mohammed, Ybbs

Aus einem israelischen Geschichtsbuch zu FidelCastro

Nach Preisverfall des Zuckerrohres
bekam mit einem Ruck er Zores.

Hermann U., Kaltenleutgeben

NS-Vermächtnis

Schon manchem, der im Stau ersoff,
mangelte es an Sauerstoff,
besonders auf den Autobahnen,
die damals ihr erbaut, o Ahnen!

Adolf T., Oberfellach

Völkerverständnis

Ein Korse und ein Sarde gingen
im selben Chor der Garde singen.

Hans K. Stöckl

Herrlich geschüttelte Moralgedanken macht sich abschließend noch einmal der streitbare, greise Hofrat, wenn er über die Amouren des ersten Mannes im Staate trocken konstatiert:

Wer wird schon unseren Präsidenten loben,
wenn ihm im Amt die hehren Lenden toben …

Finanzielles

Daß man den Schweizern Humorlosigkeit nachsagt, ist ungerecht. Wem je einmal der köstliche „Nebelspalter“ in die Hände gefallen ist, eine mittlerweile, fürchte ich, eingestellte Zeitung des schwarzen, skurrilen und bösen Humors, der wurde eines zumindest Besseren belehrt. Deshalb schien es mir auch keineswegs verwunderlich, als mir eines Tages ein kariertes Blatt Papier ins Haus geflattert kam, auf dem fein säuberlich mit spitzem Bleistift eine Reihe von nicht minder spitzen Schüttelreimen vermerkt waren. Ohne Unterschrift stand dabei bemerkt: Mit helvetischen Schüttelgrüßen aus dem Kanton Aargau! Nicht ohne ein gerüttelt-geschütteltes Maß an Selbstkritik ist einer der Finanzreime des anonymen Zusenders:

Noch schweizerischer Bankverein –
bald beizerischer Schwankverein!

Und wenn weiter ausgeführt wird:

Die Preise bei der Telecom
greifen uns an die Kehle, Tom!

... dann ist dieser Aussage ja ein wirtschaftspolitisches Gewicht europäischen Ausmaßes kaum abzusprechen. Und wer wird auch hierzulande dem nachbarlichen Schüttelreimer nicht Recht geben, wenn dieser zu seiner Steuererklärung angibt:

Warum das Ausfüllen ich der Formulare hasse?
Weil dabei immer finanziell ich Haare lasse.

Hierzulande ist man schon ein Stückerl weiter und es erklingt das Stoßgebet:

„Lieber Gott“, der Toni bet’,
„gib mir wieder Bonität!“

Geradezu unangenehm bescheiden nimmt sich dagegen die Bitte Heinz Halbritters aus Baden aus, wo allerdings wirklich zahlreiche Parkomaten den haltewilligen Autofahrer gar kräftig zur Parkkasse bitten:

Leih mir eine Mark, o Peter,
denn ich muß zum Parkometer.

Reinhard Öhlberger ist es, der die Dinge beim Namen nennt, wobei das angeführte Bankinstitut sicherlich nur als Metapher für alle anderen gelten soll:

Geh ja nicht auf die Länderbank,
dort zieht man dir die Bänder lang.

Absolut keinerlei Widerspruch gilt jedoch für die weise Einsicht:

Wer öfters geht zum Bankomaten,
wird bald in einem Manko baden.

Kriminelles

Nahezu folgerichtig schließt sich dem Kapitel Finanzielles – wie Butter – Kriminelles an. In die weltweiten Abgründe eines der Riesengeschäfte des internationalen Verbrechens läßt wieder Reinhard Öhlberger blicken, wenn er unter der traurigen Überschrift „Kinderporno" verlauten läßt:

Im Auftrag meines Vatis krieg'
ich heut noch einen Gratisfick.

Über die Mafia wiederum machen sich Hans-Peter Huber aus Gars am Kamp und Gottfried Pixner Gedanken:

Der Mafiakiller
Räson bringt er zweiläufig bei,
es knallt – und: trifft beiläufig zwei.

Sizilianische Arbeitsteilung
Mach, Bella, du den Haushalt, putz Geschirr,
ich sammle indessen die Schutzgebühr.

Die übrige Kriminal-Auswahl ist international, von den Örtlichkeiten bis zur Sprache.

Japanische Bauweise
Stimmt es, daß dort die Schiebetüren
die Einbruchslust der Diebe schüren?
Konrad (17), Wels

Berliner Pflanze
Nach Tisch nahm er die Boa mit,
drum sitzt er jetzt in Moabit.
Reinhard Öhlberger

Ländliche Moritat
Die Bäurin hat den Bauern satt,
so endet er im sauren Bad!
Gottfried Pixner

Unter Knastbrüdern

Steig ein zur stillen Weihnachtszeit,
da ist die Polizei nachts weit!

Erwin Damisch

Spiel mir das Lied vom Tod

I kill the man,
weil i ka Milde kenn'.

Roman Beisser

Panzerknacker

Was für den Gangster nicht zur Wahl stand,
war das Durchdringen dieser Stahlwand.

Roman Beisser

Aus einem Polizeibericht

Der Tage vier im Regenloch,
das Opfer abgelegen roch.

Gottfried Pixner

Berufsbedingt

Die Bezirks- und Landgerichter
ha'm viel zu tun mit Randgelichter.

Hans K. Stöckl

Zum Abschluß sei verraten, was die wenigsten hierzulande bis jetzt wußten. Wie ich unter der Hand erfahren habe, hat die österreichische Kriminalstatistik der letzten Jahre, welche der EU bei der Begutachtung des Verkaufs der Meinl-Greißlerei an den Rewe-Konzern als Beurteilungsgrundlage diente, eindeutig ergeben:

Zum Billa lauft der Kieberer,
weil dorten kauft er lieberer!

Berufliches

Wohl dem, der heut noch Arbeit hat, denn:

Wie oft hat's schon geheißen,
voll Neid und Hohn: Geh scheißen!

Obwohl so manche Karriere eines allgewaltigen Chefs ganz anders begonnen hat, als man heute annehmen würde …

Der Reiche mit dem Zigaretterl
verteilte einst in Riga Zetterl.

… oder aber, im umgekehrten Fall, ein vielversprechender Anfang doch nicht zur ganz großen Nummer wurde:

Zuerst hieß er der Musterschüler,
Jahre später Schuster Müller.
Gottfried Pixner

Eine – zumindest saisonale – Alternative bleibt jedoch fast jedem, nämlich ein

ADVENTSBASAR
Was fleißig sie im Mai nachts werkten,
verhökern's jetzt auf Weihnachtsmärkten.

Beamtenpension

Der Opa einst fand's wunderbar,
daß angestellt beim Bund er war.

Hans K. Stöckl

Kleinstadtidylle

Da ist der Konditor Hans Feckschlutter
mit seinem erlesenen Schleckfutter,
daneben der Weinhändler Fucksschletter,
der wurde mit jedem Schluck fetter,
sein Kunde, der Baumeister Schlettfucker,
ist auch ein begnadeter Fettschlucker.

Reinhard Öhlberger

Der unglückliche Schuster

Das Licht ging aus im Schusterladen,
sie hatten einen Lusterschaden.

Herbert Loidl, Schwarzberg/OÖ

Der schreckhafte Selchermeister

Hört er den Sang der Finken schallen,
läßt er vor Schreck den Schinken fallen.

Erich Kastner

Der „Austronaut"

So, jetzt bist am Neptun,
und was mochst du Tepp nun?

Hans Werner Sokop

Der Vertreter

I bin a Vertreter von Breitling
und schau, daß i's unta d' Leit bring.

Roman Beisser

Der glücklose Jäger

Der Jäger wird heut pirschen kaum:
Er schläft unter dem Kirschenbaum.
Nachher ist ihm die Pirsch verhaßt,
wenn schlafend er der Hirsch verpaßt.

Franz Joseph Schindler

Der Installateur

Er kam, um verschiedene Dinge zu richten,
doch vergaß er, am Klo die Ringe zu dichten.

Anna, Ried i. I.

Die Raumpflegerin

Den Schmutz, den ich beim Putzen mach',
den schmeiß' ich in den Mutzenbach.

Erich Kastner

Doch wenn in meinem letzten Schüttelbuch „Gereimte Sammelschüttler" unter dem Titel „Chef sucht Sekretärin" vermerkt war:

Er prüfte sie auf Herz und Nier'n –
sie prüfte ihn auf Nerz und Hirn

… dann kriegt der Chef – als ausgleichende Gerechtigkeit – ohnehin oft die Rechnung präsentiert; in diesem Fall in geschüttelte Form gegossen von Franz Joseph Schindler:

Die Sekretärin träge schreibt,
wenn nachts beim Chef sie's schräge treibt.

Medizinisches

Hier ist der Österreicher in seinem Element! Was man für seine Gesundheit nicht tut, wie etwa mit dem Rauchen aufzuhören, im Reim kann man sich's mit ruhigem Gewissen von der Seele schütteln. Ich habe meine medizinischen Ratschläge und Erkenntnisse schon im letzten Buch verschüttelt und erfreue mich seitdem bester Gesundheit. Nur an eines erinnere ich mich mit Schaudern, als ich einmal ein Abführmittel nehmen mußte, das unerwartet schnell zu wirken begann. Nämlich just dann, als ich mich gerade auf der Straße befand, genauer gesagt in einer Gasse, so daß mir nichts anderes übrigblieb, als mit verbissenem Gesicht zu schütteln:

Gott, wie ich dieses Kacken hasse,
besonders in der Hackengasse!

Allergiker

Ich würde mir wünschen, daß man die Hauptstädte
schon vor Jahren entstaubt hätte.

Dr. L. M.

Glasklare Diagnose

Es zeigt die rote Stirnhaut,
daß sich das Blut im Hirn staut.

Erwin Damisch

Der englische Patient

Im Grabe kalt und blind er ruht,
der Wahnsinn war im Rinderblut.

Ludwig K.

Letzte Warnung

Wenn Sie nicht bald zum Rauchen aufhören,
sie bald beim letzten Hauchen aufröhren.

Carl Hübner, Schwaz

Kurkonzert

Um fünf nur dünnen Fastentee,
dazu spielt eine Tastenfee.

Annerose, Lustenau

Prophylaxe

Ich trage eine Schottenmütze,
daß ich mein Haar vor Motten schütze.

Reinhard Öhlberger

Beim Psychotest

Stell'n Sie die Paranoia ein!
Nein o ja! Nein! Nein o ja! Nein!

Gerhard Schreier

„Baywatch"

Die von der Form der Hüften leben,
ihr Aussehen oft durch Liften heben.

Sieglinde Meralle (78), Graz

Diagnose

Das Röntgenbild zeigt: Deine Elle
hat in der Mitte eine Delle.

B. Weiß, Steiermark

Der Reuige

Jessas, is' mir vom Magen schlecht,
daß ich mich selber schlagen möcht'.

Albin K. S., Frastanz

Ratschlag

Es gibt nur eins bei Magenleiden:
Exzesse bei Gelagen meiden!

Irmgard Wiesinger

Noch ein Ratschlag

Sie sollten Ihre Sucht verwandeln,
Sie könnten sonst mit Wucht versandeln.

Irmgard Wiesinger

Fast schon ein Befehl

Der Arzt hat starke Einwände:
„Es ist jetzt mit dem Wein Ende!"

Hans K. Stöckl

Gesichtspflege

Man kann die Falten leider bannen weder
durch duschen noch durch Wannenbäder.

Nicole (34), Leoben

Glatzenbildung

Oft den, der viel Gefahr aushält,
stört's, wenn ihm früh das Haar ausfällt!

S. Herzl, Mödling

Der Arzt sieht gleich: Das Blutfett
fließt träg in seinem Flutbett.

Fr. Hedwig, Wien

Schöne Künste/Kulturelles

In diesem Kapitel ist natürlich der Fagottist der Wiener Philharmoniker, Reinhard Öhlberger, ganz in seinem Element, und viele seiner Schüttelreime brauchen den Vergleich mit seinem Kollegen Mittler nicht zu scheuen.

Doch beginnen wollen wir mit dem geheimen Stoßseufzer des Medienstars der deutschsprachigen Kritiker, Marcel Reich-Ranitzky:

Was wär' die Welt voll lichter Dinge,
gäb's nicht so viele Dichterlinge!
Franz Joseph Schindler

KUNSTKAUF
Gewinn' ich heut in „Toto-X",
kauf' ich ein Werk von Otto Dix.
R. A. (Sammler aus Villach)

DER KUNSTFREUND
Zur Venus, der von Milo, geht er
voll Freude manchen Kilometer.
Friedrich Giersig

FAST SCHON MONET
Ein Beamter namens Walter Meier –
in seiner Freizeit malt er Weiher.
Hans K. Stöckl

Der Heimatdichter Anzengruber

In puncto Geld ein Unzengraber,
sein Œuvre ist zum Grunzen aber!

Anonym, Schweiz

Weltmännisch

Versuche, die Kritik mit Takt zu adeln,
hast du etwas an Dichters Akt zu tadeln.

Elisabeth, Feldkirch

Bochumer Burgtheaterdeutsch

Selbst wenn Sprache und Gesang scheen,
hat ein Mime keine Schangsen,
denn des Mimen Glücksstern sank schon
lange vor dem ersten Schangson.

Erich Kastner

Vor der Vorstellung

Der Regisseur so manches Herbe sagt,
was dem Ensemble gar nicht sehr behagt.

Fritz Ableidinger, Freistadt

Nach der Vorstellung

Man sieht ins Stammlokal die Sänger laufen,
damit sie schnell dort sind und länger saufen.

Fritz Ableidinger, Freistadt

Der Musikfreund

An einem kühlen Schattenplatz
bewahr' ich meinen Plattenschatz.

Roman Beisser

Der frustrierte Musikfreund

Das Radio nach an Schadenfall
verbreitet nur noch faden Schall.
Hans K. Stöckl

Es lebt a Jidel in Ferlach,
der spielt die Fiedel alljährlach,
hingegen lebt in Weilen a Goj
mit an Madel, an geilen, awoi!
Beatrix Kral

Sie meint, der Heino sänge mies,
so ruft auch in die Menge sie's.
Und meint dazu noch sinngemäß,
solch Töne schafft man mi' Gesäß.
Wolfgang, Wien

Eiserne Regel beim Musikantenstadl

Nur ka Gedicht
über de Gicht.
Helene (76), Graz

Ob in den langen Wartezeiten oder während des Spielens erfunden, laut eigenen Worten ist der „mir ureigene Schüttelvers" im Orchestergraben der Wiener Staatsoper zugeflattert; und damit sei die Öhlbergersche Schüttlerpartitur aufgeschlagen.

Man will mich am Fagott belehren?!
Das kann nur ein Fallott begehren!
Reinhard Öhlberger

Staatsoperndirektor

Wenn ich am Morgen den Holender griaß,
schaut er mir aus wie ein grollender Hias.

Reinhard Öhlberger

Salzburg 1993

Soll sich der Mortier verpissen:
Den wird kein Portier vermissen.

Reinhard Öhlberger

Vor der „Götterdämmerung“

Beim Kostümieren grunzte Hagen:
„Schon wieder der verhunzte Kragen!“

Reinhard Öhlberger

Die ewige Plage

Man braucht schon Tricks am Horn und Finten,
sonst gickst's und gurgelt's vorn und hinten!

Reinhard Öhlberger

Durst

Laß Bier in die Posaune laufen,
dann kannst du je nach Laune saufen.

Reinhard Öhlberger

Mit Einschränkung

Zuweilen klingt auch Harfe schön,
nur hat sie leider scharfe Höhn.

Reinhard Öhlberger

Anstrengend

Die Hände sind schon wundgekrallt
von Kontrabasses Grundgewalt.

Reinhard Öhlberger

Säuberlich

Bevor ich Klarinette blase,
putz' ich mir die komplette Nase.
Reinhard Öhlberger

Unten im Graben

Grausige Luft,
lausige Gruft.
Reinhard Öhlberger

Unerklärliches Tonstück

Die Noten hier bedeckt der Zweifel:
Was eigentlich bezweckt der Teufel?
Reinhard Öhlberger

Aber was nützt alles Schütteln und Drehen und Wenden, wenn das Schicksal unbarmherzig zuschlägt, in einem Moment der Erfüllung und des Triumphes, wie ihn jener Schlagzeuger eines renommierten Orchesters bei einer Freilichtaufführung erlebte?

Er schlug das Becken – hohes Cis!
Da fiel und starb er: Zeckenbiß.

Beziehungen, Ehe, Kinder

Zu diesem Kapitel gab es eine Flut von – nein, leider zu wenig Schüttelreime. Die zugesandten Verse ließen zwar an Themenvielfalt nichts zu wünschen übrig, Ehedramen, Beziehungskrisen, Ratschläge, Hohnvolles und Resigniertes gab es zu lesen, aber eben nicht geschüttelt. In Abgründe durfte man dennoch blicken. Tief in meinen eigenen Schüttlerschachteln verborgen, ließen sich noch ein „paar zerquetschte" hervorholen, wie etwa das zweifelhaft erfolgversprechende Liebesgeflüster:

Verliebt schwärmt er im Mainachtswahn
der Liebsten vor vom Weihnachtsmann.

Der Mann scheint überhaupt ein winterlicher Typ zu sein, auch wenn ihm das Liebesglück zwar hold ist – jedoch bei weitem nicht so wie erträumt, denn

Beim Maskenball machte er oft als Ritter Beute,
die ihn am Morgen drauf stets bitter reute.

Till heißt der Unglücksrabe, und seine letzte Errungenschaft, eine dralle Endvierzigerin, schmiß ihm in ihrem Lieblingslokal, einer Hernalser Konditorei – in der einen Hand eine Malakoff, in der anderen eine Sachertorte –, an den Kopf:

Mach doch nicht soviel Worte, Till,
weil ich statt dir nur Torte will!

Wie auch immer, aus den Reihen des Ku-Klux-Klan erfährt der bisher Ahnungslose – Mendelschen Erbgesetzen zum Trotz :

Kinder aus verdreckten Samen
enden oft in Sektendramen.

Und mit dieser erschöpfenden Auskunft überlasse ich das Feld den vielen Zusendern, die mir unter anderem mitteilten:

Ach, die Liebe!
Stets braucht man für die Liebe zwei,
doch gleich entsteht die Zwiebelei.
Luise P. (73), Wien

Grosse Liebe
Ich folgte dir schon viele Meilen weit –
oh, laß mich ewiglich bei dir verweilen, Maid!
Erwin Damisch

Wahre Liebe
Bist du auch nur ein Kindermädchen,
ich lieb' dich drum nicht minder, Käthchen!
Eric C. Selzer

Neue Liebe
Weil ihr gefällt nur weißer Flieder,
bringt ihn mit großem Fleiß er wieder.
Irmgard Wiesinger

Alte Liebe
In einer sehr vertrauten Liebe
gibt's seltener die lauten Triebe.
Herbert, Tirol

Parterre-Liebe
Geh' i zu der Natalie,
brauche ich a Lata nie.
Herbert Hofbauer

Gar keine Liebe
Sie wollt' den alten Lord nicht,
denn der konnt' nur bei Nordlicht.
Franz Joseph Schindler

Männer!

Er hat sie nur ganz schlicht genossen,
ein Ehebund wurd' nicht geschlossen.

Susi (25), Wels

Nüchterne Erkenntnis

Manch Damen bleiben Luderpack,
trotz aller Schminke, Puder, Lack.

Franz Joseph Schindler

Der Sparsame

Ich nehm' aus Blech ein Rohr, Inge,
und mach' daraus dir Ohrringe.

Hans K. Stöckl

Die Ahnungslose

Was macht's, wenn auf der Türkenschanze
ich heut mit einem Schurken tanze?

Hans K. Stöckl

Kind am Hals

Schwer muß man in der Liebe tragen
die Folgen, die am Triebe lagen.

Anonym, Linz

Unbefleckte Empfängnis

Nach einem Kuß im Wintergarten
tut sie jetzt ein Kind erwarten.

Franz Joseph Schindler

Hochzeitsnacht

Mir schmerzen Titten, Becken, Rücken,
ich kann mich kaum noch recken, bücken.

Elisabeth, Feldkirch

Fast schon Ehealltag

Die Braut schon bald beim Kosen pennt,
wenn er nur fade Posen kennt.

Franz Joseph Schindler

Ehealltag

Manch Gattin laut und rüde mäkelt,
wenn sich der Mann nur müde räkelt.
Denn selbst potenten Meistergatten
mitunter Kraft und Geist ermatten.

Franz Joseph Schindler

Inzersdorfer Ehealltag

Schenkst du deiner Alten statt Rosen Gedichte,
kriegst du statt Schnitzel bald Dosengerichte.

Kurt Leupold, Kremsmünster

Ein Fussballer outet sich mutig vor seiner Frau

„Warum gehst Du furt? Kicken?"
„Nein, ich gehe Kurt ficken."

...um am nächsten Tag schon wieder zu lügen:

„Gehst Du heute ficken Kurt?"
„Nein, ich geh' zum Kicken furt."

Anonym, Wien

Aus einem Scheidungsprotokoll

Schon bald war mir das Lachen vertrieben:
Wie konnt' ich mich nur in den Drachen verlieben?

Erwin Damisch

Das Baby mit dem Sabberlätzchen
lallt ganz süße Labbersätzchen.

Hans K. Stöckl

Hausmittel

Vom Baby hört man keinen Laut,
wenn es am Tuch aus Leinen kaut.

Irmgard Wiesinger

Das Kind, das so geplärrt hatte,
saß auf der heißen Herdplatte.

Ingeborg M. (43), Wien

Kinderarbeit

Der Bruder geht die Steine klopfen,
die Strümpfe muß die Kleine stopfen.

Frau Anna (63)

Familientradition

Wie zieht man schöne Bonsai?
Yu Bing bringt's seinem Sohn bei.

Erwin Damisch

Erotisches

Jaaa, ich weiß, der Leser, der nicht ins Inhaltsverzeichnis geschaut und nicht sofort hierher geblättert hat, ist nun eeendlich bei den beiden Kapiteln angelangt, derentwegen solche Bücher in Wahrheit gekauft werden.

Nein wirklich, das behaupte nicht ich, sondern das weiß ich von einem Buchhändler, der sich auskennt – und diese Bücher selbst kauft. Zum Einkaufspreis natürlich.

Jaaa, dieses Kapitel und das nächste sind auch die längsten, und wir halten uns auch gar nicht lang auf mit dem Zwischentext und fangen schon an.

Jaaa, auch in meinem Zettelkasten haben sich zu diesem Thema die meisten der noch nicht veröffentlichten gefunden, und einiges ist selbst erlebt und selbst erfahren und selbst erlitten, ich geb's ja eh zu, wie zum Beispiel:

Die meisten Frau'n, die Barbara heißen,
sind es, die ihre Haberer beißen.

Und mit dem Ratschlag: Vorher gut hinschauen! tu ich allen Anfängern meine Erkenntnis kund:

Mädchen, die die Wimpern pinseln,
sind es, die beim Pimpern winseln.

Dabei kenne ich einen, der mir in diesem Zusammenhang die Vorteile des Zölibats in höchsten Tönen schildert, und ich muß zugeben, der Mann hat ein kinderglattes Gesichtlein – immerhin – denn:

Er hat bisher wenig von Spalten erfahren
und konnte sich so viele Falten ersparen.

Vielleicht verfolgt auch der eifrige Pokerspieler insgeheim dasselbe Ziel, wenn seine Braut stöhnt:

Die Nacht lang spielt der Witzler Karten,
ich muß mit prallem Kitzler warten!

Ein schweres Schicksal hat auch die Feinkostverkäuferin, die in der Partnerschaftsberatung jammert:

Ich bitt': „Schieb's Knabbernossi ein!",
doch immer sagt mein Ossi: „Nein!"

Es ist halt so verflixt schwer, die Klippen des Eros zu umschiffen, ein Leben reicht dazu nicht aus, und vielleicht wurde dafür die Wiedergeburt erfunden. Ob allerdings der Philosoph den richtigen Weg gefunden hat, wenn er posaunt:

Ich hol' mir stets bei Hegel Rat:
Was tun, wenn sie die Regel hat?

Probleme, wo man hinschaut! Drinnen, wie der Verzweiflungsruf des Ritters zum Burgfräulein beweist …

Bleibst du in dem Gemäuer hausen,
kann ich dich nicht mehr heuer mausen!

… und draußen scheint's auch nicht zu klappen, wie ich selbst schon erlebt habe, besonders einmal:

Sie hat sich von mir losgemacht
und fürchterlich im Moos gelacht.

Selbst Anatol, der lahme Bezwinger, erschrickt, wenn er die triste Vorstadtbleibe des „süßen Mädels" betritt und näselt:

Wie kann man so denn hausen –
ich kriegert Hodensausen.

Und wenn die Intellektuellenmuse beim Arzt resigniert bekennt:

Daß ich es nur mit Journalisten treib',
erkennen Sie an meinem tristen Leib

… dann hätt' sie's halt auch mit einem bladen Mistkübler versuchen müssen, aber da war ihr das damals alabasterne Körperl halt wieder zu schade. Dabei, weltweit gesehen:

An dem, was man im Bett oft findet,
läßt sich ersehn, wie Fett oft bindet.

Viagra gefällig? Und dann …

Sie machte über meinen ziegelroten
und dauersteifen Riegel Zoten.

Im Salzkammergut, da kann man gut – weil dorten wird nicht lang gefackelt, da g'hört der Schwengel ins Wischerl oder der Stock in d' Stuabn, und es hat schon seinen Charme, wenn die lebfrische Dirn – ein bißl g'schamig zwar, aber um nichts weniger eindeutig – flüstert:

Kannst gern a bissl zuabisteign,
i tät dir gern mei Stuabi zeign.

Und die Mächtigen, wie halten sie's mit Eros und seinen Tücken? Was die einen (die Welt hat's büßen müssen) zu wenig taten, weil über Eva Braun zu sagen ist …

Zu wenig zog den bösen Mann
sie in ihren Mösenbann

… tun andere wieder ein bißl zuviel:

Bill Clinton schoß aus vollem Rohr gleich –
das Resultat war mäßig glorreich.

Dabei ist in den Abhörprotokollen der CIA zu lesen:

Lewinsky sagt: „Dreh's Licht weg,
wenn ich an deinem Wicht leck'!"

In seiner letzten Pressekonferenz beteuerte Billy:

Monica war so grausam
– jetzt bin ich dieser Sau gram!

Und eine Vertraute Monicas wiederum soll ausgesagt haben:

Jawohl, sie blickte einst auf seinen Schwanz
begehrlich,
doch heute, schwör' ich, find' sie das ganz
beschwerlich!

Aber dieser Schwur ist, wie Eingeweihte wissen, nicht ganz glaubwürdig. Denn wie die Dinge in Wahrheit liegen, muß man sich fragen: Welcher Präsident hätte einer Sirene widerstanden, die, als man sie auf „Abstandsurlaub" nach Florida schickte, dort schon nach drei Tagen zu maulen begann:

I don't like the fucking sun –
I'd rather have some sucking fun!

Damit sei das Feld den geschätzten Zuschüttlern überlassen, wobei zum Thema Erotisches vor allem zwei viel zu sagen hatten. Aber lesen Sie selbst!

Molto potente

Wer täglich viele Eier frißt,
zumeist ein guter Freier ist.
Erwin Damisch

Aphrodisiakum

Speziell das dunkle Malzbier
verhilft zu toller Balz mir.
Gerhard Schreier

Guter Rat

Mit einem allzu lahmen Degen
darfst du dich nie zu Damen legen!

Kurt Leupold, Kremsmünster

Als Karl mir unters Mieder glitt,
da taten alle Glieder mit!

Evi (19), Amstetten

Nach dem, was er im Busch tat,
benötigt er ein Duschbad.

Franz Joseph Schindler

Beim Schularzt

Gestern, als wir heftig schmusten,
mußt' ich plötzlich schmerzhaft husten.

C. Breuer, Wien

Potenz

Und kommst du auch mit leeren Händen,
komm unbedingt mit hehren Lenden.

Margarete Baumann, Wien

Prosit Neujahr!

Wer übers Jahr zu keiner Nummer kimmt,
Silvester Schnaps aus Kummer nimmt.

Franz Joseph Schindler

Montesquieu
konnt es mieux!

Gottfried Pixner

Aus Tiroler Jugendzeit

Ich bumste stets bis Mitternacht,
nur länger hätt' ich's nit dermacht.

Reinhard Öhlberger

Die Häuptlingstochter mit dem Bastrock
zum Lover sprach: „Mach mal 'ne Rast, Bock!"

Hans K. Stöckl

Pragmatisch denken!

Verlock die Weiber halt mit Barem,
dann sieht man dich schon bald mit Harem.

Reinhard Öhlberger

Die Anspruchsvolle

Ich geb' nur meine Küsse nackt,
dem, der mir goldne Nüsse kackt.

Reinhard Öhlberger

Noch eine Anspruchsvolle

Eh' ich mich zu den Kerlen bette,
erwart' ich eine Perlenkette.

Reinhard Öhlberger

Ein Fall für Viagra?

Im Alter sind schon Leisten gemodert,
die in der Jugend am meisten gelodert.

Franz Joseph Schindler

Im Mieder unterm festen Bund
macht mancher seinen besten Fund.

Franz Joseph Schindler

Er griff in ihrer Hülle Falten
und konnte kaum die Fülle halten.
Franz Joseph Schindler

Beim Sex am Strand die Wonne sinkt,
wenn Regenguß statt Sonne winkt.
Franz Joseph Schindler

Wollen vor Können

Manch Opas sich noch lassen blenden,
lockt sie 'ne Maid mit blassen Lenden.
Franz Joseph Schindler

Manch unerfahr'ner Junge zuckt,
wenn ihr beim Kuß die Zunge juckt.
Franz Joseph Schindler

In der Clubsauna

Exhibitionisten dort auf Seifen stehn
und lassen ihren Steifen sehn.
Hans K. Stöckl

Bis „Ja!" ein süßer Brummer haucht,
er Pelzwerk, Sekt und Hummer braucht.
Dann stört's den scharfen Brummer nicht,
wenn's Sofa unter der Nummer bricht.
Franz Joseph Schindler

Im Autokino

Beim Vorspann schon auf flachen Sitzen
die Paare aus den Sachen flitzen.
Franz Joseph Schindler

Ist man erst beim Kissenwühlen,
wird's heiß auch in gewissen Kühlen.
Franz Joseph Schindler

Humorvoll

Oft machen grad die Sachen Lust,
worüber du sehr lachen mußt.
Irmgard Wiesinger

Begierde

Mich packt die Gier nach jener schlanken Frau,
wenn ich auf ihre Flanken schau'!
Eric G. Selzer

Sex appeal

Welches Gefühl er für Rose hegt,
merkt er, wenn sich's in der Hose regt …
Eric G. Selzer

Ich könnt' mich vor Lachen zerwuzeln,
möcht' mich am Busen wer zuzeln.
Lilo U., Unterpremstetten

Die fesche Hedy

Vorzeiten war die Hedy läufig,
und das war bei der Lady häufig …
Reinhard Öhlberger

Die müde Doris

Man sagt, ich kann die Doris wecken,
und dann sofort – wenn's wahr ist – decken.
Reinhard Öhlberger

Die schlimme Kathi

Magst auf den Busen Kathis greifen?
Dann hörst du sie gleich gratis keifen.
Reinhard Öhlberger

Sieh an, du bist aus Weiz, Resche –
tragen dort alle Reizwäsche?
Gottfried Pixner

Mit einem Originaldialog aus einem der bekanntesten von Grimms Märchen, den die Brüder in der ungekürzten sogenannten Wiener Fassung auch noch drin hatten (bevor ihnen ein dämlicher Geschäftsmann einredete, mit märchenlesenden Kindern sei mehr Geschäft zu machen als mit Porno), sei die Überleitung zum nächsten Kapitel gewagt:

„Was hast du so a Wut, Fee?"
„Mir tut heut so die Fut weh!"

Mehr Erotisches
bis
Pornographisches

Wenn Georg Kreisler aus dem „Maxim“ zu berichten weiß:

Man offeriert den Damen Sekt,
bevor man sie mit Samen deckt

… dann steht der etwas gepfefferteren Form des Erotischen nichts mehr im Wege!

Callboy

Mich mietet man nur stundenweis’,
sonst krieg’ ich einen wunden Steiß.

Anonym, OÖ

Er zahlte sofort für die Willige bar,
obwohl diese gar keine Billige war.

Hans Werner Sokop

Manch Dirne gleich auf Scheine baut,
wenn man ihr auf die Beine schaut.

Franz Joseph Schindler

Erst wollte es die Kleine bar,
dann machte sie die Beine klar.

Franz Joseph Schindler

Die Fleissige

Schon die ganze letzte Woche
krank’ ich am verwetzten Loche.

Reinhard Öhlberger

Puffmutter

Ich rat’ Ihnen: Testen’s de Biene,
auf daß sie Sie bestens bediene …

Reinhard Öhlberger

Der Zuhälter im Bordell

Er labt mit Hustinetten-Kuren
und einem Kuß die netten Huren.

Reinhard Öhlberger

Kundenservice

Da sah in Klagenfurt ich Huren,
die auf dem Moped hurtig fuhren,
am Kranz des Hinterrads so kreisten,
zur Kundschaft dann nach Graz so reisten;
hab' auch im Hauch des Windes gelesen,
sie wären schon in Linz gewesen,
und trägst du um dein Balzen Surg:
Die fahren glatt bis Salzenburg.

Reinhard Öhlberger

Demo im Red Light District

Das könnte wohl euch Ludern passen,
wir werden nie das Pudern lassen!

Reinhard Öhlberger

In einem Istanbuler Bordell

Tu fort vom Gesicht die Schleierecken
und mir lieber die Eier lecken!

Karim Y., Wien

Nabelaufwärts sticht man sich an deinen losen Rippen,
nabelabwärts allerdings, da locken Rosenlippen!

Erwin Damisch

Berliner Taxlerglück

Ich fick' jetzt diese Göre, weil
die ist so auf Chauffeure geil.

MH-K, Wien

Der steirische Bademeister

Arbeit' i in der Damensauna,
haut's mir öfter den Samen dauna!

Herwig (28), Gleisdorf

Böse Abfuhr

Wenn sie zum Kuß mir ihre Fotze reicht,
sag' ich: nicht bös sein, doch ich rotze feucht.
Du willst, daß ich an deiner Fotze riech',
ich werde höchstens darauf rotzen, Viech!

MKH, Wien

SM

Da siehst,
Sadist!

Gerhard Schreier

Hinter Klostermauern

Beate schon am Samen nagt,
bevor sie Gottes Namen sagt.

Anonym, „Sonst krieg' ich Ärger"

Liebe geht durch den Wagen

Gemeinhin gelten Porsche-Fahrer
immer noch als forsche Paarer.

Christine (29), Radstadt

Einst war sein Stolz der forsche Pimmel,
heut bleibt ihm nur sein Porsche-Fimmel.

Ernst, NÖ

Der Fleck auf meinem Seidenschoß?
Er stammt von meiner Scheidensoß'!

U. K., Klosterneuburg

Undankbare Fans

Keines der Mädchen reibt sich leise
die Fut, wenn ich nach Leibzig reise.
Anonym, Wien

Bevor ich mich in deinen Schlitz plag',
wünsch' ich mir lieber einen Blitzschlag.
Ludwig K.

Der Traummann

Als ich mit dem Nicki fuhr,
dachte ich: Den fick' ich nur!
Seh' ich seitdem den fetten Nicki,
schwör' ich immer mir: Den fick' i!
MKH, Wien

Es schmerzen Ihre wüsten Lenden?
Sie sollten sich von Lüsten wenden!
Friedrich Giersig

Aus dem Spital

Ich denk' an dich, mein kranker Schatz,
sooft ich meinen Schanker kratz'.
Reinhard Öhlberger

Aus demselben Spital

Der Lehrerin samt kranker Scheide,
verschrieb ich wegen Schanker Kreide.
Dr. H. F.

Du zeigst dich zu oft als gescheiterter Hengst,
wenn Sex du als voll Angeheiterter schenkst.
Reinhard Öhlberger

Der Humorist

Ach, wie gern fick' ich die hitzige, wilde,
weil selbst im Bett so witzige Hilde!

Gerhard Schreier

Das steirische Glied

Vur Frajd los i main Penis schaudern,
waun i mia deng, wia schen is's Baudern.

Anonym, Steiermark

Bosch oder Hilti?

Ich sag' zur Hur in Dornbirn:
„Geh, loß mi an dir bohr'n Dirn."

Anonym, Bregenzer Wald

Der Lederfetischist

Kaum hebt mein Schwanz sich federleicht,
spritz' ich ihr schon das Leder feucht.

Anonym, Kufstein

Blasunterricht

Ich werde gern dich Trudel nennen,
doch mußt du Ei von Nudel trennen!

Wieder anonym, wieder Kufstein (??)

Willst am Weib du stöbern, greifen,
kriegst bald einen gröbern Steifen.

Reinhard Öhlberger

Ordinär bleibt ordinär

Kann man arge Zoten bügeln?!
Nein, grad nur den Boten zügeln …

Reinhard Öhlberger

Zum Ausklang

Kurios, wie man manchmal auf einen Schüttelreim stößt. Als ich einmal durch den Schönbrunner Schloßpark joggte, lief ich beim Palmenhaus an den Parkbänken vorbei, auf denen dicht gedrängt die Pensionisten in der Sonne saßen. Nach etwa einer halben Stunde kam ich wieder an denselben Bänken vorbei, verschwitzt und müde, und verfiel in einen langsameren Schritt, als es plötzlich neben mir tönte:

„Sport ist Mord, Herr Lord! Ja gell, Herr Gesell?! Nicht wahr, Herr Herz, Laufen bringt Schmerz!"

Ich blieb keuchend stehen. Ein junger Mann im engen Lederdreß, ein Flinserl im Ohr und einen Tschik im Mund, lag mehr auf einer Bank als er saß, grinste mir lässig zu und fuhr fort: „Am Abend wär's kühler, Herr Schauspieler. Daran gibt's nichts zu rütteln, da können 'S lange schütteln. Und als Trost für ihr wehes Gelenk, mach' ich Ihnen ein Gratisgeschenk, weil am liebsten sitz' i eh do und verrat' Ihnen mein Credo:

Weil ich keinen Sport will,
verleg' ich mich aufs Wortspiel."

So, das wär's! Mir bleibt nur, dem werten Leser wiederum mein Credo mit auf den Lebensweg zu geben, eine Erkenntnis, auf die ich mich in guten wie in schlechten Zeiten unumstößlich verlassen konnte:

In Hosen voll mit Hängeärschen
muß fürchterliche Enge herrschen!

Die Deutsche Bibliothek - CIP-Einheitsaufnahme

Herz-Kestranek, Miguel: Mir zugeschüttelt : Neueste und allerneueste Schüttelreime / Miguel Herz-Kestranek. -
Wien : Brandstätter, 1999
ISBN 3-85447-838-0

1. Auflage

Der Entwurf des Schutzumschlages – unter
Verwendung einer Abbildung der Austrian Archives –
stammt von Christian Brandstätter.
Die technische Betreuung oblag Josef Embacher.
Das Lektorat besorgte Sonja Paschen.
Die Reproduktion der Abbildungen erfolgte bei Mantler in Wien,
der Druck beim Wiener Verlag in Himberg.
Gesetzt wurde aus der Berthold Garamond, 12,5 auf 13 Punkt.

ISBN 3-85447-838-0

Christian Brandstätter Verlagsgesellschaft m.b.H.
A-1080 Wien, Wickenburggasse 26
Telephon (+43-1) 408 38 14
Fax (+43-1) 408 72 00
E-Mail: books@cbv.co.at